# Strohhälmleins Traum

Rainer Schulz

# Strohhälmleins Traum

Eine Weihnachtsgeschichte

Impressum

Autor, Gestaltung, Notensatz:
Rainer Schulz © Neuendettelsau 2022
Fotos: Stroh: pixabay license
Krippenfigur: Rainer Schulz, Jochsberg
Herstellung und Verlag: BoD - Books on Demand, Norderstedt
ISBN: 9783756886739

## Guten Tag

Guten Tag.
Ich darf mich vorstellen:
STROHHALM.

Komischer Name?
Nun, so heiße ich ja auch nicht.
Vielmehr bin ich eben genau das:
Ein Strohhalm und sonst nichts.

Einen eigenen Namen habe ich nicht.
Und auch sonst bin ich arm dran.
Niemand interessiert sich für mich.
Keiner nimmt mich zur Kenntnis.
Das schmerzt.

Doch eines Tages geschah das Unglaubliche:
Ich wurde bemerkt.

Oder richtiger:
Es geschah nicht eines Tages,
sondern eines Nachts.

# Du piekst

Zunächst schlief ich tief und fest.
Aber dann...

Mitten in der Nacht erwachte ich.
Ich hörte etwas.
Es war ein Kichern –
das Kichern eines kleinen Kindes.
Das lag neben mir und flüsterte heiter:
»Du piekst!«

»Oh«, entschuldigte ich mich
und rückte rasch ein wenig zur Seite.

Dann sagte ich:
»Guten Tag.
Ich darf mich vorstellen:
STROHHALM.«

»Danke«, murmelte das Kind leise.
»Wofür?« fragte ich zurück.
»Dass du zur Seite gerückt bist.
Nun piekst du nicht mehr.«

Verwundert betrachtete ich das Kind.
Es war so klein und sprach doch schon ganz wie die
Großen. Zudem befanden wir uns in einem Stall,
und das Kind lag in einer Futterkrippe.

Seltsam. Wie nur war ich hierhergekommen?
Ich konnte mich nicht erinnern.
Mein Stroh-Hirn versagte mir den Dienst.

Ich räusperte mich.
»Hallo, Kind!
Darf ich noch einmal stören? Nur kurz!«

»Mich stört niemand«,
murmelte das Kind.
»Was möchtest du denn?«

»Ich möchte gerne wissen, wie ich hierhergekommen bin, zu dir, in den Stall, in diese Krippe hier.«

Das Kind öffnete die Augen und schaute mich an:
»Oh, das hat seinen Grund, wie alles, was ge-
schieht. Ich verrate dir mal was. Es gibt da einen
Plan.«

»Einen Plan?«

»Ja. Du wirst berühmt werden. Dafür werden Herr
von Schmid und Herr Schulz sorgen. «

Das Kind sprach in Rätseln. Verwirrt starrte ich auf
sein Stupsnäschen und die roten Bäckchen.

»Und wo finde ich diesen Herrn von Schmid
und diesen Herrn Schulz?«

Das Kind antwortete:
»Noch nirgends. Die werden erst noch geboren,
eines fernen Tages.«

»Aha? Erzähle mir mehr darüber«,
bat ich das Kind.

»Gemach, gemach!«,
mahnte es leise und gähnte erneut.
»Du wirst es erfahren.
Schlaf jetzt ein wenig.
Das wird dir guttun.«

Das Kind schloss die Augen.
Ich drückte mich sanft an seinen warmen Körper
und achtete nun sehr darauf,
es nicht wieder zu pieksen.

Dann schlief auch ich ein
und entschwand ins Reich
der Strohhalm-Träume.

# Herr von Schmid

Wie lange ich wohl schon so geschlafen und so geträumt hatte? Irgendwann drang eine Stimme an mein Strohhalm-Ohr.

»Na, gut geschlafen?«, fragte mich die Stimme.
Es war die Stimme eines alten Mannes.

»Ich dachte, ich schlafe noch immer und träume?«

»Ja, träume nur weiter. Träume sind wichtig«, sagte die Männerstimme. »Ich träume gern. Die schönsten Einfälle habe ich im Traum!«

Was für »Einfälle« er wohl meinte?
Ich beugte mich zu der Stimme hin und sagte:

»Guten Tag.
Ich darf mich vorstellen:
STROHHALM.«

»Ja, ja, ich weiß!« rief der Mann.

«Wir kennen uns?«

»Du kennst mich nicht.
Aber ich kenne dich!«

Das kam mir reichlich seltsam vor.
Wie konnte er mich kennen,
mich, dieses Elend von einem Strohhalm?

Aber gut,
dies war ein Traum,
und in Träumen ist alles möglich.

Ich wurde etwas mutiger.
»Darf ich erfahren, mit wem ich es zu tun habe?
Und wo sind wir eigentlich?«

»Pardon, ich habe mich noch nicht vorgestellt:
Christoph von Schmid.«

Ich stutzte. Von Schmid? Hatte von dem nicht das
Kind in der Krippe erzählt?

Herr von Schmid fuhr fort: »Wir befinden uns im
schönen Augsburg. Allerdings ist es im Augenblick
nicht mehr so schön wie in früheren Zeiten.«

Ich näherte mich dieser Stimme und sah nun den
zu ihr gehörenden alten Mann. Er sah kränklich aus
und recht geschwächt.

»Sind Sie krank?«, fragte ich anteilnehmend.

»Leider ja«, sagte Herr von Schmid.
»Vermutlich sogar sterbenskrank.«

»Wieso? Was ist passiert?«

»Die Cholera geht um«.

»Die was?!«, fragte ich.

»Die Cholera. Eine Art Durchfall. Das kennst du nicht. Ein Strohhalm ist von Natur aus eine hohle Röhre. Kein Darm, kein Magen, keine Galle. Aber wir Menschen tragen das alles und manches andere mehr in uns herum. Geht etwas davon in uns kaputt, kann es passieren, dass am Ende wir selbst daran kaputt gehen.«

Ich gebe zu, ich war etwas erschrocken.
Herr von Schmid musste es gemerkt haben,
denn er sagte nun:
»Mach dir nichts draus.
Das ist der natürliche Gang der Dinge.
Wir kommen und wir gehen.
Bis es aber so weit ist, freue ich mich am Leben.«

»Und wovon leben Sie so?«,
wollte ich nun wissen.

»Ach«, sagte Herr von Schmid, »ich schreibe viel. Früher habe ich vor allem geredet, habe den Leuten dies und das vom lieben Gott erzählt. Das hat reichlich Spaß gemacht, aber gereicht hat es mir nicht. Also habe ich mit dem Schreiben angefan-

gen. Gedichte und Bücher. Besonders für junge
Leute, und für Kinder, die das Leben noch vor sich
haben.«

»Wie schön!«, rief ich aus.

Herr von Schmid lachte etwas verlegen.
»Ja, man bemüht sich.
Ich möchte den Menschen etwas Gutes tun,
möchte ihnen sagen, dass am Ende die Liebe ge-
winnen wird über alles, was böse ist. «

»Die Liebe?

»Nun ja, seien wir genau:
Die Liebe Gottes wird die Herzen der Menschen ge-
winnen, selbst die der bösesten.«

Er schwieg einen Moment lang.
Dann sagte er:
»Deswegen mag ich die Kinder so gern.
Kinder tun niemals absichtlich etwas Böses.«

Nach einer Weile erhob sich Herr von Schmid von
seinem Stuhl am Schreibtisch. Er ging zum Fenster
und öffnete es. Kalte Luft drang herein. Es war Win-
ter in Augsburg. Schnee. Nebel. Eis.

»Hörst du das?«, fragte er.

»Was denn?«

»Den Gesang. Kinder. Sie singen.«

Ich lauschte.
»Was singen sie denn?«,
fragte ich Herrn von Schmid.

»Sie singen ein Weihnachtslied.«

»Weihnachten?«

»Das große Fest der kleinen Kinder«, antwortete
Herr von Schmid, und dabei war ihm eine gewisse
Ergriffenheit abzuspüren. Er sagte:
»Ich war ja auch einmal klein. Als ich größer wurde,
vergaß ich das für ein Weile. Aber irgendwann habe
ich gemerkt: Das war doch sehr schön, ein Kind zu
sein. Eine kostbare Zeit, als ich nichts Böses tat, je-
denfalls nicht mit Absicht.«

Herr von Schmid war so ehrlich. Ich wurde immer
verlegener, je ehrlicher er von sich erzählte. Ging
mich das irgend etwas an? Mich, den kleinen na-
menlosen Strohhalm?

Plötzlich drehte sich Herr von Schmid um,
sah mich an und rief:
»Wie klein du bist, du kleiner Strohhalm!«

Ich genierte mich ein wenig, weil er so zärtlich mit mir, dem Strohhälmlein umging. Das war ich nicht gewohnt.
Herr von Schmid aber meinte:
»Gerade weil du so klein bist,
habe ich dich in einem meiner Gedichte erwähnt.«

Bitte was?! Ich in einem Gedicht?
Nicht zu glauben!

»Darf ich fragen, was das, bitte schön,
für ein Gedicht sein soll?«

Herr von Schmid griff nach einem Buch im Holzregal neben dem Fenster, blätterte darin herum, tippte dann mit dem Zeigefinger auf eine Seite und sagte: »Da steht es, das Gedicht, in dem du vorkommst. Ich habe es vor vielen Jahren geschrieben. Ein Kindergedicht. Später wurde ein Lied daraus. Das singen die Kinder gerne. Und mit ihnen auch manche Erwachsene, einige hin und wieder mit Tränen in den Augen, so gerührt sind sie davon.«
Still schaute er in das Buch hinein und las mit leisen Lippenbewegungen, was dort stand. Plötzlich aber hielt er inne, und dann erhob er laut die Stimme und rief aus:
*»Da liegt es, das Kindlein, auf Heu und auf Stroh!*
Na, was sagt dir das, liebes Stroh-Hälmlein?«

Ich begriff sofort. Dieses Kind »auf Heu und auf
Stroh« kannte ich doch! Höchstselbst hatte ich es
gepiekst. Und hatte nicht eben dieses Kind einen
gewissen Herrn von Schmid erwähnt?
»Möchten Sie mir, bitte, mehr vorlesen aus Ihrem
Gedicht?«, bat ich aufgeregt.

Herr von Schmid nickte und las vor:

*»O seht in der Krippe, im nächtlichen Stall,*
*seht hier bei des Lichtleins hellglänzendem Strahl,*
*den lieblichen Knaben, das himmlische Kind,*
*viel schöner und holder, als Engelein sind.*

*Da liegt es, das Kindlein, auf Heu und auf Stroh,*
*Maria und Josef betrachten es froh;*
*die redlichen Hirten knien betend davor,*
*hoch oben schwebt jubelnd der Engelein Chor.«*

Ich staunte.
Auf Heu und auf Stroh?
Der Stall? Die Krippe? Das Kind?

Das alles hatte ich gesehen und selbst erlebt.
Das alles war wahr, ganz und gar,
und alles andere als ein Traum!

# Du bist das also

Vor lauter Erstaunen erwachte ich ruckartig.

Noch immer lag ich dicht an dem warmen Körper des kleinen Kindes in der Krippe, sehr bedacht darauf, es nicht zu pieksen.

»Du bist das also«, murmelte ich,
»das Kindlein im Gedicht von Herrn von Schmid.
Von dir also singen die Kinder.
Und auch von mir,
dem Strohhälmlein:
*Da liegt es, das Kindlein,*
*auf Heu und auf Stroh!*«

Das Kind in der Krippe atmete ruhig,
die Äuglein fest geschlossen,
und schlief.

Darüber schlich erneut die Müdigkeit in mich hinein. Wieder versank ich in den Schlaf und das Reich der Träume.

# Herr Schulz

»Ach, da schau her! Das Strohhälmlein!«, hörte ich
im Traum jemanden sagen.

»Mit wem habe ich es bitte zu tun?«,
fragte ich überrascht.

»Gestatten: Schulz, mit Vornamen Johann Abraham Peter«, antwortete mein Gegenüber höflich
und verneigte vornehm das Haupt. Herr Johann Abraham Peter Schulz thronte auf einer sanft dahin-
schwebenden, weißen Wolke. Ein Hauch von Adel
ging von ihm aus.

Wohin war ich denn nun wieder geraten?
Doch nicht etwa in den Himmel?

»Kennen Sie eventuell einen Herrn von Schmid?«
fragte ich.

»Aber ja. Ein wunderbarer Prediger!«

»Ein Prediger?«

»Ja, ein Prediger. Wir meinen doch sicher beide
Herrn Christoph von Schmid, katholisch, Priester,
Schriftsteller?

Ich guckte stumm vor mich hin und dachte:
»Katholisch also«. Ich selbst kam aus einem evangelischen Bauernhaus. Dort las man täglich die Bibel, im Sommer häufig bei offenem Fenster. Bis auf die Felder und in die Ställe hinaus hatte man dann den frommen Bauern die Worte der Heiligen Schrift vorlesen hören. Das hatte etwas. Nur einmal war ich tief verärgert. Da hatte er laut ausgerufen: »Heute wäre der Jakobusbrief dran. Aber den überspringen wir mal. Der große Martin Luther hat ja selber gesagt, das sei nichts anderes als eine stroherne Epistel«.
Strohern! Ich gestehe, das verletzte mich dann doch etwas in meiner Existenz als ein zwar unbekannter und namenloser, aber dennoch immerhin existierender Halm aus dem weltweit bestehenden und uralten Geschlecht der Stroh-Familie.

»Und was machen Sie, bitte sehr, sonst so?«,
fragte ich Herrn Schulz neugierig.

»Ich sitze auf meiner Wolke und träume von Musik. Du musst wissen: Auf Erden bin ich ein angesehener Komponist gewesen.«

»Ein was, bitte?«
Für derlei Fremdwörter reichte mein Strohhalm-Hirn nicht aus.

»Ein Komponist erfindet Klänge, Töne, Musik. Davon habe ich gelebt bis zu meinem leider allzu frühen Tod. Seitdem gehöre ich von Gottes Gnaden zur Garde der himmlischen Komponisten und Musiker und lebe weiter in den Träumen all derer, die auf Erden über mein Ableben hinaus meine Musik spielen und meine Lieder singen.«

»Aber wieso bist du denn schon tot?
Was ist passiert?«

»Ich war gerade mal 53, als mich die Tuberkulose hinweggerafft hat.«

Schon wieder so ein Fremdwort.
Fragend schaute ich Herrn Schulz an.

»Sehr unangenehm. Eine ansteckende Krankheit mit Fieber, Müdigkeit, Atemnot, Appetitlosigkeit, Gewichtsverlust. Darüber wird man weniger und weniger, verschwindet geradezu. Deshalb sagte man früher auch Schwind-Sucht dazu.«

Er tat mir leid. »Wohl typisch Mensch«, dachte ich. Immer diese Krankheiten! Herr von Schmid: Cholera. Herr Schulz: Tuberkulose. Plötzlich war ich froh, nichts weiter zu sein als Stroh.

»Ich hätte noch eine Frage«, wandte ich mich wieder Herrn Schulz, dem Himmelskomponisten zu.

»Kennen Sie das Weihnachtsgedicht, das Herr von Schmid geschrieben hat? Das Gedicht, in dem es ungefähr so heißt: *O seht in der Krippe, das himmlische Kind. Da liegt es auf Strohhalmen?*

Herr Schulz lachte auf in leisem Stolz.
»Ja, ja, ein schönes Gedicht. Die Melodie dazu ist von mir. Habe ich komponiert. War allerdings als Frühlingslied gedacht. Nach meinem bedauerlichen Abscheiden wechselte man den Text des Frühlingsliedes gegen das Weihnachtsgedicht des verehrten Herrn von Schmid aus. So wurde das Frühlingslied zum Weihnachtslied. Gelegentlich kommt ein Engelchor vorbei und singt es mir vor, um mich, den allzu früh Verblichenen, zu trösten.« Sehnsüchtig schaute Herr Schulz von seiner Wolke hinunter zur Erde. Eine Träne fiel in die Tiefe.

Mit einem Mal hatte ich das Bedürfnis,
ihn aus einer Traurigkeit herauszuholen.

Aber wie? Auf die übliche Strohhalm-Art natürlich. Also näherte ich mich ihm unauffällig, und als ich nah genug war, um ihn zu berühren, machte ich rasch einen kleinen Sprung und piekste Herrn Schulz kurzerhand auf die Nasenspitze.
»Au!«, rief der, schreckte hoch, machte eine fahrige Bewegung und schlug aus, so wie man nach einer Stechmücke ausschlägt.

Ich geriet aus dem Gleichgewicht und stürzte ab,
von der weißen Wolke hinab zur Erde.

Entsetzt sah ich der rasch und rascher näherkom-
menden Erde entgegen.
Voller Angst schrie ich laut.

# Jeshua

Gottlob, rechtzeitig genug und gerade noch, bevor alles zu spät war, wachte ich wieder auf aus diesem Albtraum, fand mich in der Futterkrippe wieder und dort im Händchen des kleinen Kindes. Das lachte leise vor sich hin, denn es kitzelte sich mit mir am Näschen und sagte: »Wunderbar, dass du nicht nur pieksen, sondern auch kitzeln kannst! Wo warst du denn in deinen Träumen? Du hast geschrien!«

Da erzählte ich alles: Was ich erlebt hatte bei Herrn von Schmid in Augsburg und bei Herrn Schulz im Himmel, was ich erfahren hatte über das Frühlingslied, das zum Weihnachtslied wurde, von Cholera und Tuberkulose, vom Komponieren und Musizieren, von singenden Kindern und singenden Engeln.

Das Kind in der Krippe hatte aufgehört, sich mit mir zu kitzeln und hörte zu. »Spannend« sagte es dann. »Spannend wie das ganze Leben.« Dann schwiegen wir zusammen eine Weile vor uns hin.
Endlich aber fragte ich, was ich schon längst hatte fragen wollen:

»Wie heißt du eigentlich?
Und wer sind deine Eltern?«

»Ich heiße Jeshua.
Meine Eltern kennst Du aus dem Gedicht von Herrn
von Schmid.
Sie sitzen da neben der Krippe bei Ochs und Esel.
Schau hin:
links meine Mutter Maria oder richtiger: Miriam,
und rechts Josef, mein Vater.
Mehr über sie erfährst du aus der Bibel deines
evangelischen Bauern.«

»Du kennst ihn?«, fragte ich erstaunt.

»Ja. Er tat mir leid, weil er lieber Martin Luther zu
glauben schien als dem göttlichen Wort. Du weißt
schon, die Sache mit der strohernen Epistel...«

Verlegen zuckte ich zusammen und dachte mir:
Was das wohl für ein Kind ist?
Es weiß scheint's einfach alles.

Das Kind aber machte eine kurze winkende Bewegung, und mit einem Mal schwebten um die Krippe
herum lauter kleine Engel.

Die fingen an zu singen:

1. *Ihr Kinderlein, kommet, o kommet doch all!*
*Zur Krippe her kommet in Betlehems Stall*
*und seht, was in dieser hochheiligen Nacht*
*der Vater im Himmel für Freude uns macht!*

2. *O seht in der Krippe, im nächtlichen Stall,*
*seht hier, bei des Lichtleins hellglänzendem Strahl,*
*den lieblichen Knaben, das himmlische Kind,*
*viel schöner und holder, als Engelein sind.*

3. *Da liegt es, das Kindlein, auf Heu und auf Stroh,*
*Maria und Josef betrachten es froh;*
*die redlichen Hirten knien betend davor,*
*hoch oben schwebt jubelnd der Engelein Chor.*

Ich war sehr gerührt.

Ochs und Esel ihrerseits fanden diese Vorstellung
eher amüsant und atmeten kräftig im Rhythmus
des Liedes, bliesen mich dabei mit ihrem feuchten
Atem an, so dass mein sonst eher etwas harter
Strohhalm-Körper ganz weich darüber wurde. Ich
kringelte mich vor Vergnügen.

Das war neu für mich.
So kannte ich mich gar nicht.
So weich und kringelig.

Die Engel aber sangen und sangen
und wollten gar nicht mehr aufhören.

Erschöpft sank ich schließlich zurück in den Schlaf
und entschwand erneut ins Reich der Träume.

# Froh

Nach einer Weile aber hörte ich mich im Traum zu
mir selbst sagen:
»Genug geträumt!
Wach auf!«

Gehorsam mir selbst gegenüber erwachte ich.

»Guten Tag!«,
grüßte es da von allen Seiten.

»Guten Tag!«, erwiderte ich vorsichtig
und fügte hinzu:
Ich darf mich vorstellen:
STROHHALM.«

Alles um mich herum war tiefgrün, und zu meiner
Überraschung roch ich einen Duft, so wunderbar,
so herrlich! Und das, obgleich mein Strohhalm-Ge-
ruchssinn doch eher unterentwickelt war.
Ich schwebte zwischen all diesem Grün an einem
silbernen Faden, und nicht nur ich: Mit mir gemein-
sam hatten sich mehrere kleine Strohhalme zusam-
mengefunden. Wir hielten einander fest und tanz-
ten, drehten uns um uns selbst in leisem Reigen.

»Wo sind wir denn hier?«,
rief ich in die Runde.

Meine Strohhalm-Nachbarn antworteten:
»Am Weihnachtsbaum!«

«Und wie kommen wir hierher?«

»Hast du geschlafen? Du erinnerst dich an gar
nichts? Auch nicht an die Kinder, die uns einfache
Strohhälmlein zu kunstvollen Strohsternen zusam-
menfügten und in die Tannenzweige des Weih-
nachtsbaumes hängten?«

»Ich war unterwegs«, entgegnete ich, »in Augsburg und auf der Wolke, bei von Schmid und Schulz und Jeshua. Es ging um ein Lied über *Heu und Stroh*...«

»Pssst! Still!«, unterbrachen mich Tannenzweige und Strohhalme.
Gespannt schauten wir in das schön geschmückte Zimmer, in dem der prachtvolle Baum aufgestellt worden war. Die Tür öffnete sich, und herein kamen ein paar kleine und ein paar größere Kinder, ihnen zur Seite die Eltern.
Still und mit leuchtenden Augen betrachteten sie allesamt den geschmückten Baum.
Mitten hinein in diesen Augenblick der weihevollen Andacht rief eines der Kinder plötzlich:
»Schau mal, der schöne Stern!«
und deutete mit dem Finger in meine Richtung.
Unhörbar für andere, aber mit ganzem Strohhalm-Herzen jauchzte ich überglücklich auf!

Seit mir der kleine Jeshua in der Krippe begegnet war, hatte sich mein strohernes Leben verändert:

Nicht nur dass ich zum Teil eines wunderschönen Sternes an einem wunderbar geschmückten Baum geworden war, dass ein Dichter mich armseligen Strohhalm in sein berühmtes Gedicht aufgenommen und nun alle Welt das Lied von *Heu und Stroh* sang, das Lied vom Stall und von der Krippe, von Jeshua und Miriam und Joseph, sondern mehr noch:

Dieses Kind hatte geradewegs auf mich gezeigt, als es rief: »Wie schön, der Strohstern!«

Man hatte mich bemerkt!
Der kleine Jeshua allen voran,
und nun auch dieses Kind.

Ging da nicht ein Traum in Erfüllung?

Wie gut, dass ich nie aufgehört hatte zu hoffen! Mit Gottes Hilfe würde selbst mich, das namenlose Strohhälmlein, irgendwann irgendjemand bemerken, würde mich ansehen, gäbe mir Ansehen und die Würde, die auch dem allerletzten Hälmlein auf Erden zusteht.

»Frohe Weihnacht!«, rief es sodann von allen Seiten. Die Kinder jubelten und packten ihre Geschenke aus. Derweil drehten wir Strohhalmsterne uns selig und froh an den Silberfäden, die uns in den grünen, duftenden Zweigen hielten. Alsbald begannen wir einzunicken, eins ums andere, ziemlich berauscht vom Kerzenlicht und Tannenduft.

Ich aber flüsterte noch ein paar Worte hinein in die heitere Feierrunde: »Wie strohern auch immer ihr daherkommt, den kleinen Jeshua wird es nicht stören; er schaut euch an und bringt euch zum Strahlen wie die Sterne am Weihnachtsbaum.
Schaut auf ihn, und Träume werden wahr.«

# Nachwort

Alles dreht sich in dieser Weihnachtsgeschichte um das Lied »Ihr Kinderlein, kommet«. Es verdankt sich der Kreativität zweier Menschen:

- Der Text, entstanden spätestens um 1810, vielleicht aber auch schon in den 1790er Jahren, stammt von dem katholischen Priester, Schriftsteller und Kirchenlieddichter Dr. theol. Johann Nepomuk Christoph Friedrich von Schmid, geboren 1768 in Dinkelsbühl und gestorben 1854 an der in Augsburg wütenden Cholera.
- Die Melodie, zunächst als Frühlingslied gedacht, hat ihren Ursprung vermutlich im Jahr 1794. Sie ist ein Werk des Dirigenten, Kapellmeisters, Musiktheoretikers und Komponisten Johann Abraham Peter Schulz, geboren 1747 in Lüneburg, gestorben im Jahr 1800 an der »Schwindsucht« (Tuberkulose) im brandenburgischen Schwedt. Ihm zu Ehren lässt das Glockenspiel des Lüneburger Rathauses seit 1956 täglich einige seiner Melodien erklingen.

Mit dem Leben dieser beiden Menschen verbindet sich »Strohhälmleins Traum«. Ein zunächst völlig unbedeutender, armseliger, namenloser Strohhalm findet sich eines Nachts unvermutet in der Krippe des Jesuskindes wieder. Dies bleibt nicht folgenlos, und wieder einmal geschieht es: das Wunder der Weihnacht...

## Der Autor

Rainer Schulz (*1954) wirkte als Pfarrer der evang.-luth. Landeskirche in Bayern in den Gemeinden Sonthofen im Allgäu, in der chilenischen Hafenstadt Punta Arenas an der Magellanstraße, im oberbayerischen Kirchseeon / Ebersberg, in München Mitte (St. Markus) sowie in Leutershausen (Mittelfranken). Mit einer Arbeit über die biblische Figur des Stephanus wurde er zum Dr. theol. promoviert. Mittlerweile im Ruhestand, lebt er im mittelfränkischen Neuendettelsau und widmet sich neben dem Schreiben im Besonderen dem Orgelspiel.

## Vom selben Autor

### Der Schellenengel
Eine Weihnachtsgeschichte

»Es gab große und kleine Engel in Bethlehem. Einer der Kleinen, der eigentlich schier nicht an sich halten konnte vor lauter Lust, Gott zu preisen, befand sich leider im Stimmbruch. Bitte, man sage nicht, das käme bei Engeln nicht vor. Es ereignet sich in den besten Familien mit großer Regelmäßigkeit, im Himmel wie auf Erden...«

Verlag: BoD, Norderstedt 2011
ISBN-10: 3842366280, ISBN-13: 978-3842366282